Mam's

Élodie Gossuin

Avec la collaboration de Nelly Deflisque

Mam's

Illustrations de Céline Bailleux

SOLAR

À toutes les Mam's et tous les Pap's, les futurs, ceux qui nous manquent,
ceux qui ont manqué le rendez-vous, ceux qui le sont déjà dans leur tête
et ceux qui n'ont jamais voulu avoir la tête et l'envie à ça.

À vous, mes sœurs, les Mam's qui culpabilisent,
celles qui meurent d'angoisse tous les jours,
aux Mam's et Pap's qui déchirent et se déchirent aussi,
à nos emmerdes qui font de nos vies un long torrent pas tranquille,
aux Wonderparents à bout de souffle en mode
fractionné/marathon quotidien et au cardio en tachy,
qui veulent juste respirer et savourer la vie.

À vous, les Mam's qui sont en burnes out
alors même qu'elles en ont une belle paire.

Bienvenue dans notre joyeux bordel !!

Élodie et Bertrand

Parents épanouis et cernés de 2x2 jumeaux

BFF depuis 20 ans et amants quand ils peuvent

Animatrice de télévision et de radio, Autrice/Miss France/Miss Europe/Miss Camping/Reine du Muguet et Miss Catastrophe !

Vieux mannequin graphiste avec un ♡ gros comme ça !!!

Elle a échoué à Miss Univers car elle a nettement plus de coucougnettes que Donald T.

Sous le pseudo de Bébert, c'est one-man show tous les soirs

Captain papa poule !

Maîtrise parfaite du Youhou à l'Eurovision (Bisous Amir !)

Fan de superhéros "Avengerange ta chambre pour la 10e fois !!!!!"

Miss maman lionne

Patate, 9 ans

Confidente épuisée du joyeux bordel familial

Persuadée d'être un bébé humain

Life goals : dormir, manger et squatter le canap'

Rose et Jules

Joséphine et Léonard

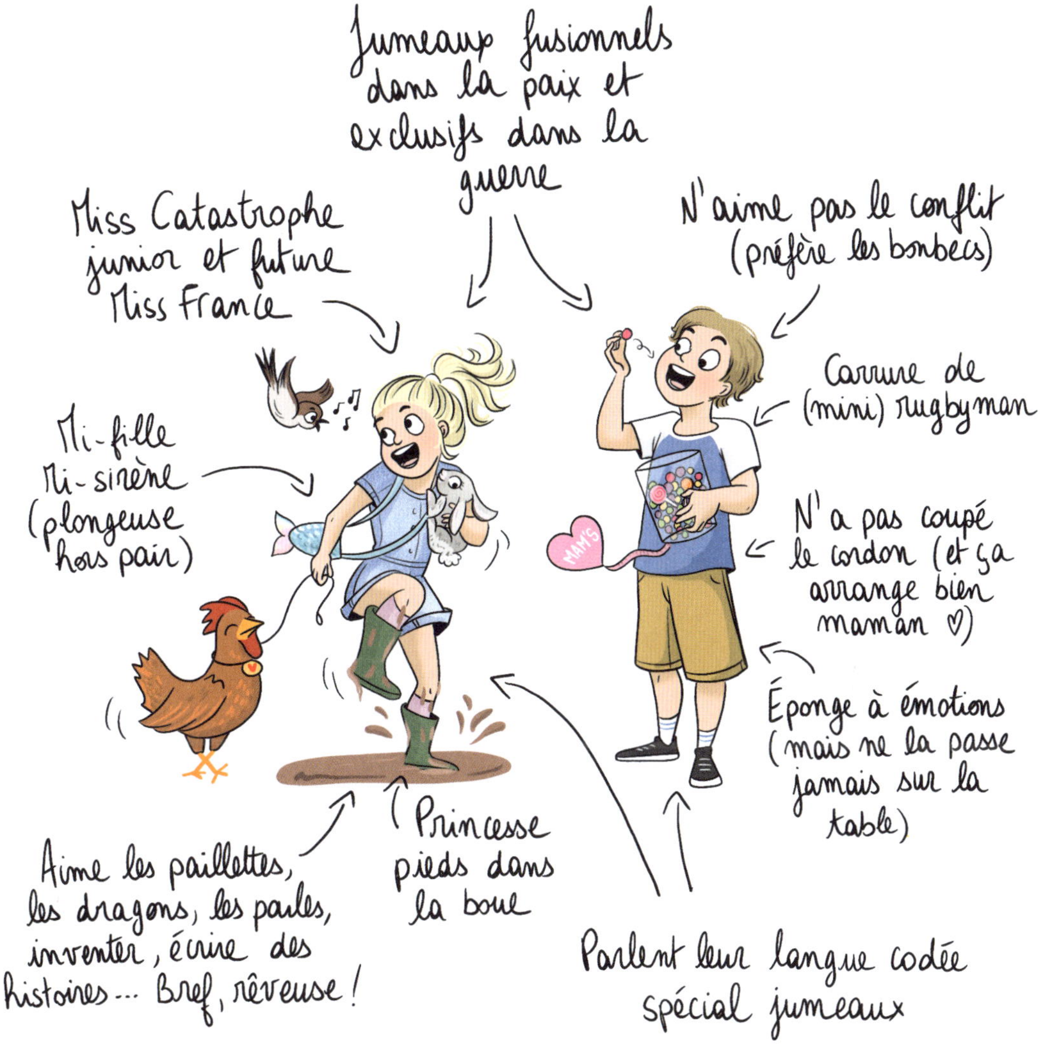

Zen, restons zen !

Chronique 1

Notre rentrée des classes…

J -1

J-1 avant la rentrée
PARENTS CHARGE MENTALE
00-00
CHARGE MENTALE
PRÊT ???
Euh... Pas l'choix !!
Mais d'abord CAFÉ !!!
Elle a dit pâté ??!!!
Jusque là, tout va bien...
je ne tremble que d'une main...
Mais oui !!! Tu vas voir mon amour ! Cette année, on est PRÊTS !!!
???
MIAM
PARENTS CHARGE MENTALE
01-00

Hey Mam's!!!!
T'as vu mon agenda ??
Rose
PARENTS CHARGE MENTALE
01-01
Super la liste!
Il faut 4 couleurs de stylo mais pas de stylo 4 couleurs ...
WTF!!!
JUUULES!!!
Ma trousse!!!
MIAM
Hey!!!
Attention!!!
Toujours les mêmes papiers à remplir ... et x4!!!
Profession de la mère...
Ça rentre pas :
Animatrice Radio/Télé/
Influenceuse/Vieille Miss/
Autrice et couteau suisse
qui rouille !!
!!!
PARENTS CHARGE MENTALE
01-02

Faut me racheter des baskets... les miennes sont trop petites !
Remets tes tongues, tu seras plus à l'aise...
M'en faut des neuves aussi... Celles-ci sont sales !!!
Pff... Suis moi...
PARENTS CHARGE MENTALE
01-03
Je te présente ta nouvelle copine ! Tu verras, elle est hyper sympa !!
Super féministe comme remarque maman !!!
Cheveux ?
Check !
Dents ?
Toutes nettes...
19:31
PARENTS CHARGE MENTALE
02-03
MAMAAAAAN ?!?!?
Et mes baskets ? Elles seront sèches demain ?!?

AU SECOURS !!!
MATHS
Rho... Mon grand qui dort déjà !!!
Mais oui, demain, tes baskets seront sèches !!! Tu ne vas pas puer des pieds le jour de la rentrée !!!
ET MERDE !!!!!
J'ai oublié les stylos de 4 couleurs !!!
23:08
PARENTS CHARGE MENTALE
02-04
04:02
PARENTS CHARGE MENTALE
02-05

Dans 1h, ils sont à l'école, tiens bon !
Pardon ?? Vous vous appelez ???
?
MIAM
GNiiii !!!
PARENTS CHARGE MENTALE
03-05
Et HOP !!! 2 de moins !!!!
?
?
SCHTOUIK SCHTOUIK
Je sais pas s'ils me manquent déjà ou si c'est parce que j'ai pas dormi...
Mais j'ai envie de pleurer là !
Mais non !! Pleure pas Mam's ! En plus tu vas être en retard au boulot !!
Et tu peux pas y aller comme ça !!!
ERDE!! est déjà 9h !
Purée !!! J'ai OUBLIÉ ma rentrée à MOI !!!!!
!!!!...
PARENTS CHARGE MENTALE
03-07
Bon, pour la prochaine rentrée, on se prépare dès le 10 août hein !!!
WINNEUSE

Yes, même pas peur !

À quel moment as-tu acheté les **fournitures scolaires ?**

Mi-juin (j'ai demandé la liste au prof en juin, héhé.)

Souffrirais-tu de **psychopathie parentale ?**

Bah, si être un peu organisée ça met tout de suite dans des cases, j'dis plus rien, hein.

Début août, quand tout le monde est à la plage (maligne, hein ?)

Tu en as aussi profité pour acheter les nouvelles tenues de rentrée ?

Oui, et j'ai aussi pris rendez-vous chez le coiffeur, j'ai rangé les placards et habitué mes enfants à se lever de plus en plus tôt.

OK. Sors le maillot, les tongues, et fonce direct **prendre un mojito.**

Bof, je le sens moyen.

Tu préfères **chiller sur la plage** ?

Et comment !

Tu comptes boire des mojitos jusqu'à fin août ?

Oh que **oui** !

Bon... oublie la préparation de la rentrée. Mais n'oublie pas **le sucre de canne** !

Et faire des **grasses mat'** aussi !

Bon... oublie la préparation de la rentrée des classes et décuve bien !

Je suis plutôt rando, **moi** !

Tu es quelqu'un **d'endurant** alors !

Endurante pour regarder des bouquetins, pas pour couvrir des bouquins !

Bon, OK... T'es pas (encore) prête. N'oublie pas ta gourde, ton bob et tes lunettes, et en avant Guingamp, comme disent les d'jeuns !

Grimper les escaliers avec des **paniers de linge sale** cinq fois par jour, ça aide aussi.

Bah alors, qu'est-ce que tu te racontes, si t'as le cardio, t'es prête pour enquiller les préparatifs de rentrée dès mi-août !

Allez, on ne ramollit pas !

(je te laisse, je vais me reprendre un petit mojito, moi :D)

Si toi aussi, tu kiffes parler sexe avec tes enfants...
ROCK

Chronique 2

Et l'égalité du slip, on en parle ?

Maman, faut que tu m'expliques un truc. Pourquoi je suis pas vacciné contre le HPV ??
Heu... Pourquoi cette question ???
On en a parlé en classe. Les filles ont dit qu'elles étaient vaccinées contre le papillomavirus et je comprenais pas ce que ça voulait dire...
T'es vaccinée contre le papillomavirus toi ??
Oui, ma mère m'a emmenée !
...Alors j'ai voulu me renseigner sur Internet...
" Le Papillomavirus est TRÈS contagieux...

Regarde, c'est pas cool du tout !!!
16:40
PAPILLOMAVIRUS
Très contagieux, il peut provoquer des cancers de l'utérus et de la vulve chez les femmes et des cancers du pénis, de l'anus et de la sphère ORL chez les hommes.
A.B.U.S.É !!! Moi, je suis vaccinée !!!
Pourquoi pas lui ?!!
C'est vrai, ce n'est pas normal, on va te prendre un rendez-vous.
Et j'y pense...
C'est peut-être l'occasion de vous parler de ... euh, enfin des ...

...maladies euh, vous savez...
... sexuellement transmissibles ...
La protection, c'est pas qu'une question de vaccin !!!
euh... faut que j'aille au foot !!!
et moi, j'ai un devoir de SVT !
Non, attendez, je prends juste 2 ou 3 trucs et je vous explique !!!

La protection, ça passe aussi par des choses simples...
... comme enfiler une chaussette sur une banane...
Enfin, pas une banane...
et pas une chaussette non plus hein !
Bref... Hum ! Vous m'avez comprise...
N'est-ce pas ?!!
Maman ! Remets ta chaussette !!!
On est au courant, on a eu un cours au collège
...
J'te jure, je m'en sortais plus avec cette banane dans les mains !!
HA HA !!! HA HA HA !!! HA !!
Plus tard, dans la soirée
Dis donc, puisque je suis lancée...
Et si on rouvrait le dossier vasectomie ?

Mes 3 questions

à mon (super) expert, Vincent Daneluzzi,

infectiologue et sexologue au CH de Nanterre.

Élodie

Pourquoi sommes-nous si nombreux à ne pas connaître le vaccin HPV pour les garçons ?

Vincent Daneluzzi

Cette recommandation pour les garçons date du 16 décembre 2019, soit trois mois avant le premier confinement dû à la pandémie de Covid-19. Naturellement, à l'époque, les autorités sanitaires avaient bien d'autres priorités à gérer. Pourtant, rappelons que, à partir de trois ou quatre flirts (sans parler de rapports sexuels mais seulement de bisous), tous les ados, filles et garçons, sont susceptibles d'attraper les HPV ! Ces virus peuvent être responsables de l'apparition d'un cancer de l'utérus mais aussi de l'anus, de la verge ou encore de la gorge. De fait, protéger nos ados par le vaccin avant l'âge des premiers flirts est essentiel.

Élodie

Le tabou concernant la contraception masculine et le vaccin HPV chez les hommes est encore fort, non ?

Vincent Daneluzzi

Même si la question de la contraception masculine est bien plus discutée aujourd'hui (la vasectomie, par exemple), les lignes peinent encore à bouger et ce sont encore les femmes qui sont souvent en charge de ce sujet-là au sein des couples. Ce n'est pas normal, il faut faire évoluer les mentalités et informer !

Élodie

Alors, selon toi, comment on pourrait informer plus massivement et, surtout, plus efficacement ?

Vincent Daneluzzi

J'aimerais rappeler que la vaccination est un principe de responsabilisation, mais aussi de solidarité, qui participe clairement à l'égalité fille-garçon. Il faut que l'État investisse dans des campagnes de prévention et de sensibilisation, par exemple au sein d'ateliers d'éducation sexuelle en milieu scolaire. Mais il faut aussi mieux informer les parents et lever leurs appréhensions : non, le vaccin n'est pas dangereux, au contraire, il protège très efficacement tous nos enfants !

WTF les gens en commentaires parfois !

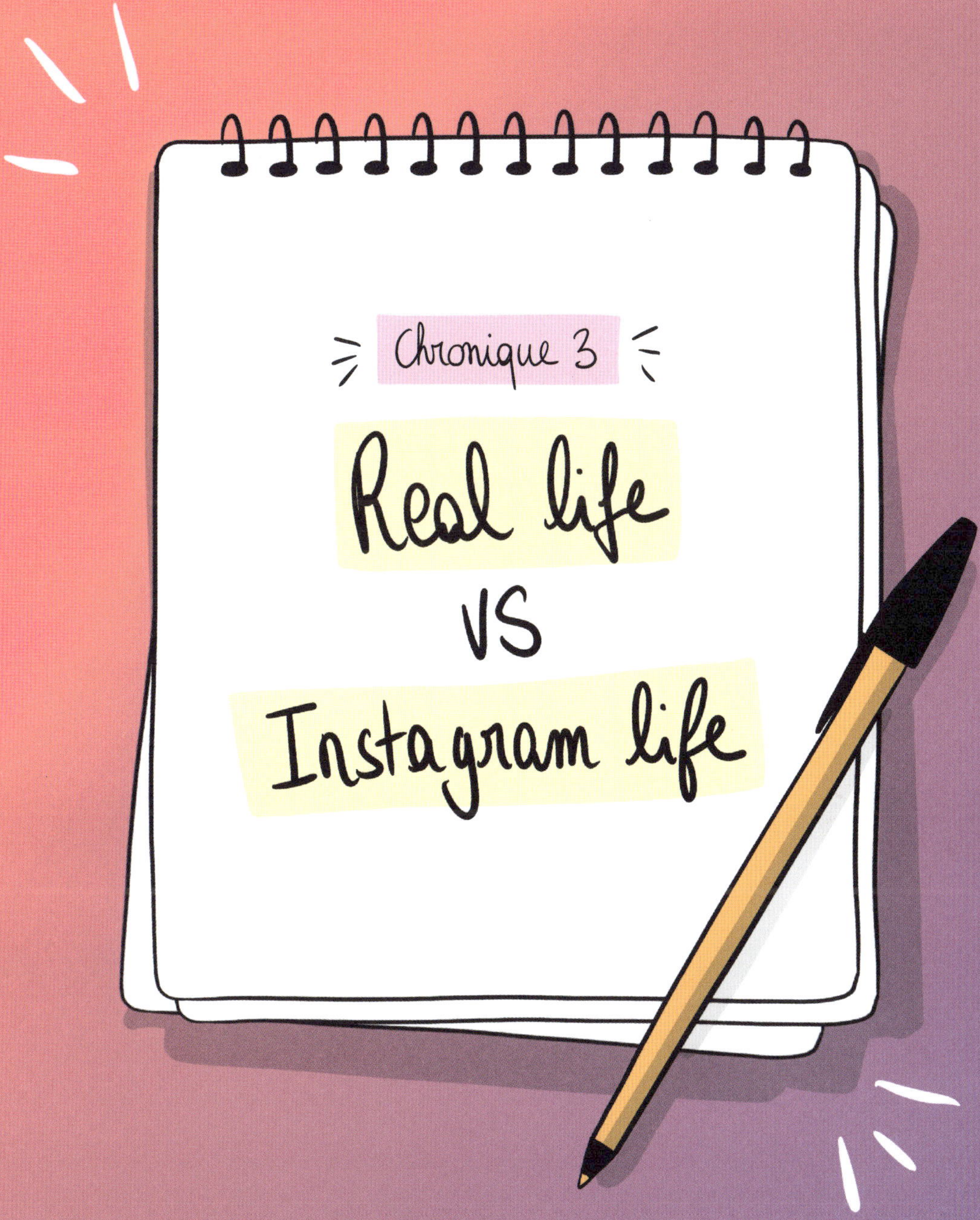
Chronique 3
Real life
VS
Instagram life

SCROLL
SCROLL
HEIN ??
18:19
ELODIE GOSSUIN
Publications
11 578 J'aime
Machin_truc
Dur dur la vie à 6! Surtout quand on a 2 nounous, une fille au pair et 3 femmes de ménage à la maison. Elle a jamais dû changer une couche de sa vie !!!
Non mais n'importe quoi !!! ...
S'ils savaient ...

LUNDI
MAKE-UP DE RÊVE
Serum, crèmes, highligther, blush...
S FRANCE
Trois fois rien quoi ...
INSTAGRAM LIFE
REAL LIFE
MARDI
CHILL À LA MAISON
Chérie, tu as
ensé à payer les 82 h de ménage
ette semaine?!
Richaaard !!? Vous trouverez le chèque sur la table !!
INSTAGRAM LIFE
Après ça, il ne restera plus que les chiottes !
PAPA POULE
REAL LIFE

MERCREDI SPA ★★★★★

JEUDI ABDOS-FESSIERS

VENDREDI
RESTAU ÉTOILÉ
Je vous sers votre champagne millésimé habituel Miss Gossuin ?
NSTAGRAM LIFE
Bah... Et moi alors ?!!
OK ! Je me lance dans la Air Food !!!
REAL LIFE
SAMEDI
CLUB AVEC LES COPINES
llez ! Une dernière oupette !! Mon hauffeur m'attend !!
NSTAGRAM LIFE
Moi avec ma famille !!
What else ???
REAL LIFE

Mes 10 RÈGLES D'OR sur les réseaux sociaux

Ah ! la vie sur Instagram ou Facebook... Tout le monde est beau, gentil, soigné, engagé. Magnifique, non ? Oui, bon. Hum. Si on gratte un peu ce joli vernis, la réalité est tout autre, avec ses aspérités, ses défauts et autres imperfections. Et c'est tant mieux ! Personne n'est tenu de montrer la réalité brute et crue !

Les règles d'or pour moi

→ Règle 1 Quand je regarde les images, je garde toujours en tête que tout est travaillé (une taille plus fine que mon poignet et une peau plus lisse qu'un bébé... ça n'existe pas sans retouches !).

→ Règle 2 Quand je poste une photo, je garde ma ligne de conduite : **NE JAMAIS MENTIR** sur ce que je suis, ni fabriquer une image éloignée de la réalité.

→ Règle 3 Je suis convaincue que les réseaux sont une tribune pour faire passer des messages, être solidaire et pas narcissique, sans un miroir aux 1001 filtres.
On peut valoriser la famille et la sororité en mettant en avant les femmes qu'on aime (et spoiler alert : y en a un max, de wonderwomen !).

→ Règle 4 *Don't feed the troll !* Ce mantra signifie « ne nourrit pas le troll haineux derrière son ordi ». Un hater restera toujours un hater. Je ne lui ferai pas le plaisir de lui répondre (ou avec beaucoup de second voire de douzième degré, surtout pas en utilisant le même champ lexical (il n'attend d'ailleurs que ça pour exister.).

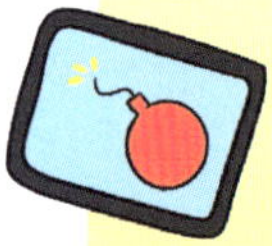

On a tous envie de se faire mousser en montrant (à l'aide de jolis filtres of course...) un minois frais, une belle maison, des enfants lustrés et bien habillés... Mais attention, il est important d'en connaître les codes et de ne pas s'y abîmer. Si l'on se sent fragile et/ou en manque de confiance, on zappe !

Les règles d'or pour mes enfants

→ **Règle 1** Je demande toujours à mes parents si c'est OK pour publier, pas pour être fliqué(e) mais pour être protégé(e). Idem pour accepter une invitation si je ne suis pas sûr(e) que ce soit un(e) ami(e). Si je préfère, je garde Snap' et compagnie en mode privé pour mes amis uniquement (ceux en qui j'ai confiance et que je connais dans la vraie vie, quoi). Je peux aussi juste avoir des comptes pour scroller des heures et ne pas m'afficher ! Un doute sur un message, une invitation ? J'en parle direct aux parents !

→ **Règle 2** Je ne publie ni n'envoie jamais (même pas à ma BFF) des photos de moi ou de ma pire ennemie dénudé(e)s.

→ **Règle 3** Quand je fais une photo, je vérifie toujours que les personnes qui sont dessus sont d'accord pour y apparaître, et je vérifie toujours mes arrières plans (une vieille bière oubliée ou ma mère à moitié à poil, ça peut arriver !).

→ **Règle 4** Je ne divulgue aucune information personnelle à personne (adresse, mail, téléphone).

→ **Règle 5** J'essaye de ne pas donner mon avis sur les sujets que je ne maîtrise pas. Je privilégie les échanges/débats en face à face.

→ **Règle 6** Mon IA sur Snap' n'est pas mon crush ou ma meilleure amie. Je ne crois pas tout ce qu'il me dit !

Paie tes contradictions

Chronique 4

Green washeurs VS Éco-anxiéteurs

C'est la mi-temps! On se retrouve après la pub...
Non mais Allez làààà !!!!
Trop bonnes ces chips !!!
BOUUUGE !!!!
- NOVEMBRE 2022 -
COUPE DU MONDE DE FOOT AU QATAR
Bizarre... Les joueurs ne transpirent pas alors qu'ils sont dans le désert !!
Bah, c'est la clim', ça aide... Pas du tout écolo d'ailleurs...
ARRÊTE!!! J'essaie de pas y penser!!!

Et nous on regarde...
LA HONTE !!!!
Hey ! Keep cool ma chérie !
On fait déjà beaucoup au quotidien...
Par exemple... On achète nos légumes directement à la ferme...
FERME
Gratin, poêlée, soupe... je suis à court d'idées pour vous rendre sexy les gars !!!
POUAH !!! Encore des panais !!!
Moi vivante, JAMAIS je mange ce truc !!

On organise le covoit' pour transporter les copains au collège...
Héhé !!! Un de plus et je passe mon permis Poids lourd !!!
HA HA HA !
On ramasse les déchets en forêt...
J'ai beau être un Avenger, je peux pas porter tout, tout seul !!!
?!
PLASTIK
PAPIER
On baisse le chauffage au max...
Mam's ??? Gelé, ça peut prendre un s ???
GELE
HELP
GLAGLA
ATCHOUM
MOUFLES
S
Devine !!
On roule en électrique...
PURÉE !!!! Pas une borne de dispo !!! Je vais encore rentrer à 60 km/h sur l'autoroute...
...Et sans chauffage !!!

On n'est pas parfaits mais on fait ce qu'on peut à notre échelle ...

Ne culpabilise pas de savourer ton sport préféré !!!

Et le match reprend !!!
Et vous voyez, en chips, le panais c'est pas si mauvais ...
PWOUARKK !!!

Mon POINT DE VUE

à moi

« Ne nous méprenons pas : les petits et grands gestes écologiques sont évidemment utiles pour lutter contre le réchauffement climatique. Prendre soin de notre environnement passe d'ailleurs souvent par des actes simples (quand ils sont possibles, bien sûr) : éteindre les écrans et autres appareils ménagers, baisser le chauffage, manger local, éviter de trop se déplacer en voiture, recycler et/ou même composter. C'est l'addition de toutes ces petites actions qui participent au changement ! Même si, je l'avoue, il n'est pas toujours facile de renoncer à certains plaisirs de la vie, comme les voyages ou ma passion pour les avocado-toasts.

Eh oui ! on est nombreux à être pétris de contradictions et il est bien difficile d'être à 100 % cohérent avec ses grands idéaux écolos. Mais pas la peine de se fouetter si on fait parfois quelques entorses à son programme éco-responsable : faire de son mieux et prendre conscience du changement, c'est déjà un premier pas !

Et puis, n'oublions pas que, en la matière, la responsabilité incombe surtout aux politiques et aux gros industriels polluants qui permettent encore que des choses aberrantes se produisent. Pour ne pas se laisser gagner par l'éco-anxiété, restons solidaires, mobilisés et, surtout, en lien avec ceux qui nous ouvrent l'esprit et nous donnent envie d'agir encore plus pour le respect de la planète : notre famille, nos amis, nos voisins, nos animaux. Bref, je suis certaine que la lutte contre le réchauffement climatique ne passera pas par le repli sur soi et la culpabilisation, mais au contraire par l'engagement positif, éclairé, et peut-être même par : l'amour ! »

Le POINT DE VUE

de Charline Schmerber,

praticienne en psychothérapie et autrice

« En matière d'écologie, on a tendance à culpabiliser pour nos actions individuelles et à oublier la (très) forte responsabilité des États sur le sujet. Prenons par exemple cette fameuse Coupe du monde de football au Qatar : pour assister à la demi-finale et à la finale de l'équipe de France, Emmanuel Macron a réalisé deux allers-retours en avion, ce qui représente près de cinquante-trois ans de l'empreinte carbone moyenne d'un Français ! Tout de suite, ça relativise l'échelle de la culpabilité, n'est-ce pas ?

Pour autant, comment articuler son désir de regarder un match de foot et l'importance de prendre soin de la planète ? Interdire ou censurer n'aurait évidemment pas de sens si nos enfants sont passionnés et cherchent à se réaliser (comme Rose ici :)) dans ce sport !

Pour certains, ces moments de liesse collective sont positifs : à travers le match, nos enfants s'enthousiasment, se montrent solidaires, se projettent dans l'avenir.

C'est essentiel pour eux ! En revanche, on se sert de leur belle énergie pour penser ensemble le monde de demain et continuer l'action écologique en famille. On saisit par exemple ces occasions d'échanges pour mettre en lumière les hypocrisies politiques (et leur éviter de porter entièrement le poids de cette responsabilité écologique sur leurs épaules) et on réfléchit à de nouvelles actions à mener.

En bref, on remet la culpabilité à sa juste place et on agit pour être encore plus en adéquation avec ses valeurs ! »

Bizarre, ils disent jamais yes aux brocolis hein !

Chronique 5

Nos Yes Monday

Oui, je m'en occupe ce soir...
... là on doit emmener les kids à l'école et j'ai déjà un dossier urgent à boucler...
LUNDI - 7H30 SUR LE CHEMIN DE L'ÉCOLE.
OK, je dois noter ça aussi dans mon agenda... Allez, bisous !
"Je dois... je dois..." Tu peux pas dire "j'ai envie" de temps en temps ???
Il a raison ! Faut savoir lâcher le boulot...
Et si on faisait un Yes Day ?? Comme dans le film ! Et on fait TOUT ce qu'on veut pendant 1 journée !
Pourquoi pas !!! Et tous les lundis pour qu'ils soient moins pourris !
Ça vous dit ???
YES !!!!!

1er LUNDI
Alors qui vote pour une pizza ?!!
Moi !!!
Moi !!!
Moi !!!
Moi !!!
Moi !!!!
OUAF !!!
YES au vote démocratique des repas
2e LUNDI
Ah Ah !! La bonne blague !
Un Marvel bien sûr !!
Un Disney ???
Miam
YES au film du lundi soir
3e LUNDI
YOUHOUU HOU HOUUUUUU !!!
Bah, vous reconnaissez pas ?????
YES au blind-test musical

4e LUNDI
On n'est pas bien là… À la fraîche, détendus du pic !!!
?
OH !!! Une étoile filante !!!
YES aux chamallows grillés

5e LUNDI
8h02 ! On est LAAARGE !!!
YES au p'tit déj au lit

6e LUNDI
ÉCHEC ET MAT !!!!
Au moins, ils font des maths !
Ah Ah Ah…
YES aux jeux à la place des devoirs

4e LUNDI
Allez !!!
Un p'tit selfie !!
CLIC
?!!
YES au concours de déguisement
ÉPILOGUE
WHAOU !!! T'es trop belle ma choupette !!!
CORRESPONDANCE AVEC LA FAMILLE
DATE
23/03
Chère Maîtresse,
Pour cause de concours perdu, Joséphine sera déguisée en licorne ce mardi.
Merci de votre compréhension,
Cordialement,
Ses parents !

Mes 10 QUESTIONS pour savoir si, toi aussi, tu as besoin d'un *Yes Monday* en ce moment !

1. Le soir, tu rentres du boulot, ton premier réflexe :

■ Râler parce que la maison est (encore une fois) sens dessus dessous.

★ Faire une course-poursuite de chatouilles avec les enfants.

♥ Prendre un apéro avec chéri(e) affalé(e) dans le canap'.

2. Tes activités du weekend.

★ Dispatcher les tâches ménagères à tous les membres de la tribu.

■ Faire un gros petit déj' au lit.

♥ Aller au marché tous ensemble et boire une petite grenadine/bière au bistrot.

3. Au moment des devoirs avec ton enfant.

■ « Pour la millième fois. 2 x 2 = ? Mais non, pas 7, voyons ! »

♥ « C'est simple, tu multiplies ces deux Chokobons dans ta bouche par deux. ça donne quoi ? »

★ « Chériiii(e) heeeelp, viens nous aider ! »

4. Le matin, 8 h 27 :

■ « Mais c'est pas possible, elle est où, ta chaussure làáà ? »

★ « Et si on y allait en bottes à paillettes ? »

♥ « Ça va, on est large, je vais me refaire un petit café, tiens. »

5. Le soir, pendant le repas.

♥ Mission : faire rentrer des brocolis dans des bouches verrouillées à triple tour.

■ C'est à celui qui arrivera à réciter l'alphabet jusqu'au bout avec une patate dans la bouche.

★ Voltige de petits pois, roulade de saucisse, sauté de dinde. Bref, la cuisine est un vrai cirque culinaire !

6. Au moment du brossage des dents :

- ★ Chacun sa brosse.
- ♥ On se brosse les dents le temps d'une chanson de la Reine des Neiges.
- ■ Oups, encore zappé le brossage ! Demain matin, promis !

7. Le rituel avant de coucher tes petits :

- ■ Je chante une chanson en anglais (histoire qu'ils prennent de l'avance sur l'apprentissage des langues).
- ★ Je fais une chatouilles party de 30 minutes (au moins !).
- ♥ Histoire, câlin, bisous. 10 minutes top chrono (y a *The Crown* qui m'attend, faut pas déconner !)

8. Ton enfant veut sortir alors qu'il pleut. Ta réaction :

- ♥ « Nan mais ça va pas la tête ! Tu veux chopper une embolie pulmonaire ou quoi ? »
- ■ « Youpi, un parapluie et des bottes, et c'est parti pour sauter à pieds joints dans les flaques ! »

- ★ « Et si on se faisait plutôt un chocolat chaud avec des marshmallows devant *Modern Family* ? »

9. Quand tu organises un anniversaire pour ton enfant :

- ★ Tu prévois des tonnes d'activités : pêche aux canards, colin-maillard, chasse au trésor, magiciens.
- ■ Tu prévois un gros paquet de bonbecs et tu les laisses libres de s'amuser comme ils veulent.
- ♥ Tu leur proposes le jardin (en doudoune si, comme les miens, ils sont nés en plein hiver !) pour pas qu'ils détruisent ta maison et ta super déco scandinave (les traces de chocolat sur ma nouvelle peinture crème, ça va pas la tête !)

10. Quand ton enfant est invité à un anniversaire, il rapporte comme cadeau :

- ♥ Un cadeau pas compliqué, genre Lego ou n'importe quoi en ligne (parce que #flemmemom).
- ★ Un cadeau réalisé par ton enfant : dessin, sculpture en tire-bouchon, éventail en papier crépon. (#DIYmom).
- ■ Un cadeau personnalisé : livre, t-shirt, sac à dos à son effigie ! (#funmom).

Tu obtiens un maximum de ★, ■, ♥ : tous les chemins mènent au

Yes Monday !

Oui, oui, tu as bien lu : peu importe que tu sois une maman ultra-funky qui n'a pas peur de bousculer les codes (et de réciter l'alphabet avec une patate chaude dans la bouche), ou une maman soucieuse de se préserver du temps pour elle (encore heureux !), ou encore une maman plus à cheval sur le respect du rythme et des règles (#héroïne) :
tu as **FORCÉMENT** besoin d'un Yes Monday dans ta vie !

C'est un temps dédié (une fois par mois pour commencer, puis une fois par semaine, soyons fou) qui permet de souffler en famille et d'instiller un peu de magie à la maison. L'idée : sortir du cadre et du ronron quotidien en twistant une activité par un truc qui change, par exemple organiser un pique-nique dans le salon à la place du traditionnel dîner, ou bien transformer le repas du soir en goûter, se lancer dans une danse de folie avant que les exercices sur les triangles équilatéraux nous rendent fous. Bref, dire **YES** de temps en temps aux demandes, même les plus farfelues, de sa tribu, tu verras, ça change **TOUT** (et en bonus, tu verras aussi, ils accepteront plus facilement les « non » après... maligne, la maman lynx, n'est-ce pas ?).

Plus on est de fous, plus on rit non ?!

Chronique 6

Un rêve inavouable

Menu A
Menu B
Menu C
A la carte
Une salade quinoa, un muffin chocolat
et un café s'il vous plaît !
Tout pareil pour moi ! Mais un roïbos à la place du café !
HEIN ?!?! L'accro du caf prend pas de café ?!!
HAN !!!
T'es enceinte ?!?
Bien vu Miss Sherlock !!!
WAHOU !!! Félicitations !!!

J'ai vu Isa, elle est enceinte!
Ça me rend un peu... nostalgique...
Ça me manque le gros ventre!
??
PYJAMAN
ALLEZ !!
On tente un p'tit dernier !!!
!!
UN PETIT DERNIER ???!
genre pour la route ???!!
NON merci !!!
J'ai assez reproduit mes gènes dans ce bas monde !!!
Ok, ok... On en reparle à tête reposée...
Allez! Bonne nuit, Wonder Reproductor !!!
À tête reposée, À tête reposée...
Si on remet ça, finito le repos !!!

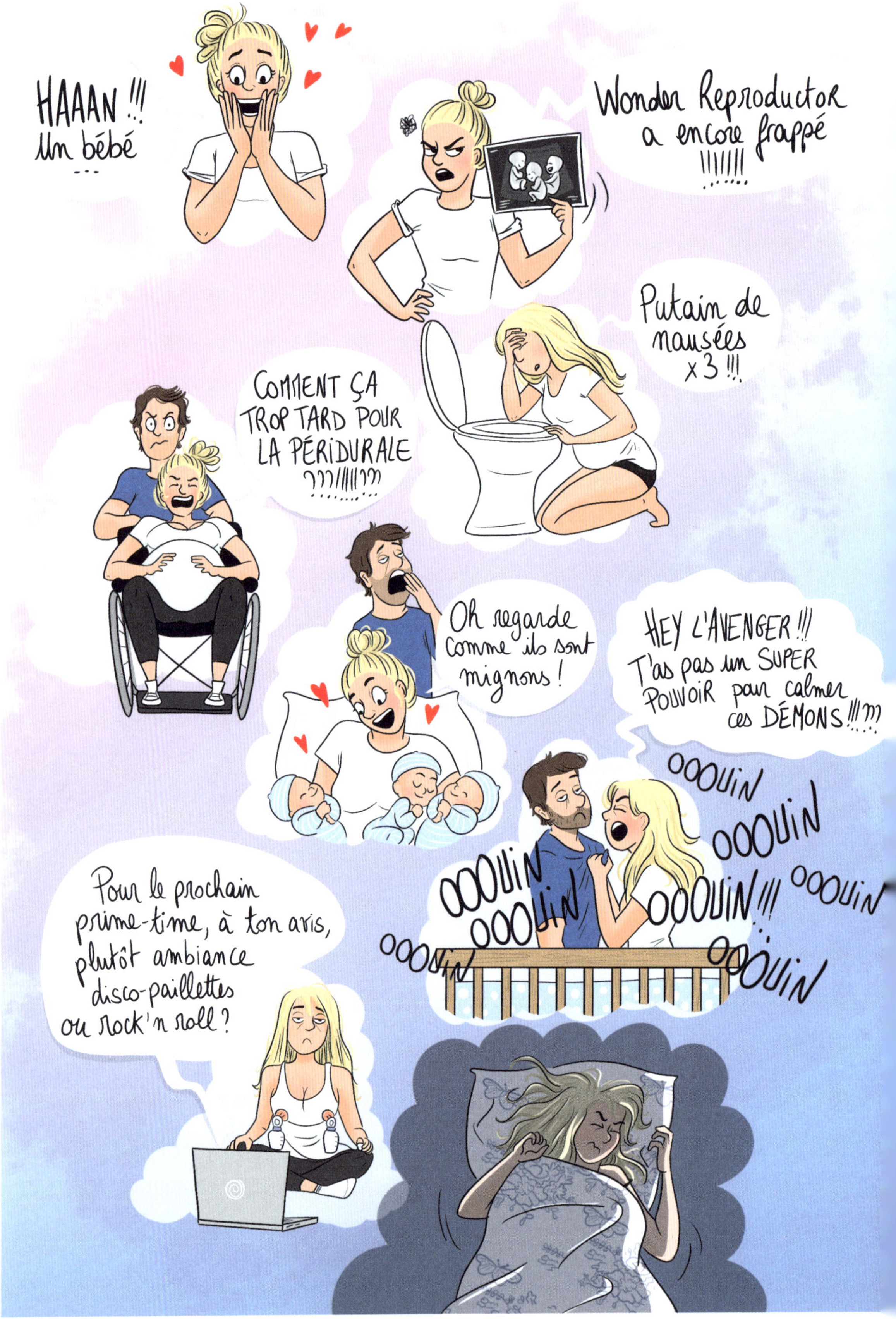
HAAAN !!! Un bébé ...
Wonder Reproductor a encore frappé !!!!!!!......
Putain de nausées x3 !!!
COMMENT ÇA TROP TARD POUR LA PÉRIDURALE ???!!!!!!??
Oh regarde comme ils sont mignons !
HEY L'AVENGER !!! T'as pas un SUPER POUVOIR pour calmer ces DÉMONS !!!??
OOOUIN OOOUIN OOOUIN OOOUIN!!!... OOOUIN OOOUIN OOOUIN OOOUIN OOOUIN
Pour le prochain prime-time, à ton avis, plutôt ambiance disco-paillettes ou rock'n roll ?

Bonjour my love
Au fait mon amour, tu avais raison...
la nuit porte conseil...
Why not pour discuter du p'tit dernier !!!
Mais Kesk'il dit ?!!!
??
PYJAMAN
Heu...
HA HA HAHA
Non, pour une fois, c'est TOI qui avais raison !
?!
!!
Hi Hi

Stop ou encore ?

Vous n'arrivez pas à trancher entre l'envie de faire un dernier bébé ou bien de vous arrêter là ? Votre cœur balance à la vue d'un nourrisson et vous vous demandez si vous ne devriez pas remettre le couvert ?
Voici deux scénarios qui vous aideront à faire le point sur ce que vous voulez vraiment !

Scénario 1

Si tu arrêtes là, tu dis bye bye à...

l'enfer du *terrible two, three, four, five. twelve.* (spoiler alert : en fait ça ne s'arrête jamais !).

2 jets de pipi dans l'œil pendant le changement de couche

tes nuits de 4 heures (hachées, en plus, les 4 heures.)

des connaissances fondamentales, comme celles de connaître l'état de santé de ton enfant à l'odeur de son caca (pour info, si c'est violet à paillettes, c'est généralement qu'il a avalé la licorne de sa sœur)

ta carte de fidélité chez le pédiatre

la dégustation des petits pots du bébé dans le frigo à 2 heures du mat' parce que tu n'arrives plus à dormir

#insomniedemamantoimêmetusais

tes réveils du dimanche matin à 6 h 36 devant *Dino Trux* (des dinosaures et des camions dans un même dessin animé. c'est du génie !)

tes fringues tâchées de vomi/caca/purée/crottes de nez

l'horrible comptine « Petit escargot » qui tourne en boucle dans ta tête (foutus escargots, vous feriez moins les malins avec de l'ail, du persil et du beurre, hein !)

Scénario 2

Si on continue, tu (re)dis bonjour à…

la tartinade de crèmes anti-vergetures (parce qu'on sait tous que ça ne marche pas !), anti-hémorroïdes, anti-crevasses de mamelon, anti-[à toi de compléter] !

la petite odeur du cou de bébé tout chaud

une hygiène corporelle aléatoire (« Du shampoing ? C'est quoi ça, déjà ? »)

les premiers « maman » qui serrent le cœur

ces disputes avec chéri(e) à 3 heures du mat' pour savoir si bébé hurle parce qu'il a faim/soif/colique

les pantalons de grossesse TELLEMENT mais TELLEMENT confortables

ces pets intempestifs de grossesse (« C'est pas moi, c'est le bébé, puisque j'le dis, bon sang ! »)

tes nuits à 3/4/5/6 dans le lit (parce que, même si c'est fatiguant, c'est précieux aussi)

la mine extatique de tes collègues qui font semblant de trouver ton bébé trop beau (alors qu'objectivement il ressemble plutôt à un verre de terre un peu rougeaud)

GRRRR...

Chronique 7
Sexy London Baby !!!

On rentre ?
SHOW CHAUD
for Lovers
18+
Et mon fish and chips alors ?!!
ALLEZ !!! Ça va être drôle !!!
!
On ose le trilolisme my love
OSEZ LE CONCOMBRE
Euh... J'aime bien le dulolisme moi...
PLAISIRS SIMPLES

INCROYABLE !!! Avec ce
extoy connecté, je peux
n'amuser avec toi, même
uand tu es en déplacement !
OSEZ
Et maintenant... euh... direction...
Oulala...
WHAOU
le camping de...
Mmm...
Bzz
Bzz
Bzzz Bzz
ZZZZZ
ZZZ
pour le 2e épisode de la...
HAAAN...
saison !
Prête à te faire saucissonner ma chérie ?!
Heu...
OK ! On dit que TOUT est bon dans l'cochon...
Mais là... j'ai un petit doute...

OH ! Ils ont goût fish and chips !
On va prendre Fraise aussi ! Mais on va le planquer lui !
HOT GEL
HOT GEL
GOÛT BACON MIAM
SPICY
MIAM ! Un gâteau à la fraise
POUIC POUIC
Après 4 enfants, 30 séances de rééducation du périnée et l'enfer du trampoline avec les enfants, je vais peut-être tester...
CHÉRIE !!! Ils font même des Avenger !!!
You're French no? I love la baguette et la Tour Eiffel !!!
YES!!! French Phallic style !!!

PARIS
Hooouu... les p'tits scénar' coquins qu'on va faire avec nos trouvailles...
Oh oui !! Et on se met à l'écriture dès ce soir...
C'est nous !!! On est rentrés !!!
Attention où vous marchez !!!
La pizza chorizo calamar...
... elle est pas bien passée !!!
SUPER MAMIE
Y en a PARTOUT !!!!
SUPER
OMG !!!
Mes BÉBÉS... Pas de panique, Mam's est là !!!
Aïïïe Maman...
BLURP

Fucking flops !

Et vous, c'est quoi les moments coquins avec chéri(e) qui sont tombés à l'eau parce que... la vie de famille ? Vous m'avez raconté vos fails sexo sur Insta... Et c'est trop drôle !

Vacances en mobil-home. À mon retour, mon fils dit à la maîtresse que papa et maman ont fait « ding-ding ». En fait, c'étaient les verres qui s'entrechoquaient parce qu'on faisait bouger le mobil-home !

En plein moment intime avec mon conjoint sous la douche, ma fille de 4 ans qui tambourine à la porte en hurlant : « Mamaaan, je veux faire caca ! » Fini la douche coquine !

Fail sexo total : notre nuit de noce, on l'a passée avec notre fils dans notre lit car quarante de fièvre.

Mon fils a fait un cauchemar et vient me voir dans ma chambre. Avec mon mec, on est nus, nos vêtements partout éparpillés, en train de dormir. J'enfile à la hâte une culotte et un t-shirt et je l'emmène dans sa chambre. Sur le chemin, il me dit : « Mais pourquoi tu étais toute nue ? Heu... parce que j'avais chaud. » Il me répond : « Ah, moi aussi j'ai chaud ! » et il se met tout nu lui aussi !

Toute la famille (hyper catho) de mon mari est réunie chez nous, et notre fille débarque dans le salon avec un fouet et un masque, trouvés dans notre chambre. La honte !

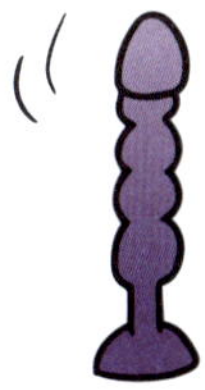

À Noël, chéri me fait une petite lettre accompagnée de son cadeau. Et à la fin, il a dessiné en tout petit un personnage le doigt sur la bouche et qui dit dans une bulle : « Le deuxième cadeau, ce sera dans la chambre, huhu. » Sauf que je n'ai rien compris, que j'ai lu devant toute la famille à voix haute en lui demandant : « Bah, qu'est-ce que c'est ? » Gros silence gêné, tout le monde avait compris, sauf moi. La honte !

La porte de la chambre fermée à clé pendant un câlin avec chéri, et notre fille de 9 ans qui tape : « Quand vous aurez fini, il me faudrait le code wifi ! » Hum.

J'ai envoyé un SMS sexy à mon mari. Erreur de destinataire. Il est parti à ma mère. Gênance !

Il serait peut-être temps non ?

Chronique 8

Make women great again

On n'est pas TROP TROP bien là ??!
Chuuut... Apprécie le calme...
Qu'est-ce qui t'absorbes comme ça, mon jules ?
TikTok ou tu joues ??
Sur un de mes groupes WhatsApp, y a une rumeur sur une nana de ma classe.

Y en a qui font passer une nana de ma classe pour une michto...
Alors ça !! Je ne laisse pas passer !!!
N'y participe pas mon chat...
Les rumeurs pourries, je connais !! Je t'ai déjà parlé de l'élection de Miss Univers ??
onald Trump, alors propriétaire e ce concours bidon, a répandu a rumeur que j'étais transgenre. our faire le buzz !!!!!! Ça a été ORRIBLE pour moi !!
Et j'imagine même pas si les réseaux sociaux avaient existé à l'époque ! Et si en plus j'avais été en questionnement autour de mon identité de genre... quelle violence !!!!
On va vérifier ! Allongez-vous !!
Hi Hi Hi Hi Hi
Miss Zizi
HAHA
Nicolas Gossuin
#ElodieTrans
#MENTEUSE
L'Arnaqueuse du concours

J'y suis pour rien, j'ai juste reçu ce truc...
Je sais, mais ne rien dire, c'est laisser faire...
Il faut refuser d' participer et aller chercher de l'aide !!
Mais pourquoi il a dit que tu étais un homme, Donald Duck ??!!
Parce qu'il était jaloux de maman. Il voulait être Miss lui aussi !!!
HAHAHA !! J'imagine la scène !!!

LA HONTE !!
MISTER BUZZ !
AAHA !
OOOUUHH !!!
SHUT UP !!!... I am a STAR !!!
MISS FAKE NEWS
Women need qu'on les prenne par l'écharpe !!!
OOUHH !!!
AAHA !
AAHAA !!
MENTEUR !!!
RIDICULE !!!
AAHAHAH !!!

Dans cette histoire, votre maman ne s'est pas laissée faire... Elle en a une belle paire et je m'en rends compte tous les jours !

C'est clair qu'il en faut, des couilles, pour être une femme !!!

Mes 3 questions

à Angélique Gozlan,

psychologue clinicienne spécialiste de l'impact des réseaux sociaux à l'adolescence.

Élodie

Comment aider mon ado à comprendre qu'il est aussi responsable même quand il est témoin de cyberharcèlement ?

Angélique Gozlan

Dans le phénomène du harcèlement (numérique ou non), il y a trois protagonistes : le harceleur, le harcelé et les témoins. Ces derniers ont une force énorme : ne rien dire, ne pas signaler les auteurs de harcèlement, c'est participer au harcèlement et faire taire la victime ! Je conseille en revanche aux parents de ne pas inciter leur enfant à réagir sur les réseaux en laissant des commentaires aux harceleurs mais plutôt de signaler la publication, prendre des captures d'écrans des messages/photos et d'écrire en privé à la victime pour l'informer de ce qu'il se passe, lui assurer son soutien et lui dire qu'on est là pour elle. C'est un acte citoyen essentiel !

Élodie

Que faire si mon enfant est victime de cyberharcèlement ?

Angélique Gozlan

Il faut se mettre à son écoute pour faire le point sur la gravité de la situation : a-t-il la capacité d'y faire face ? Quel est son degré d'angoisse ? A-t-il développé des troubles ? En accueillant sa parole sans jugement et sans la banaliser, on lui ouvre un espace pour se confier. Si l'on sent que le sujet est sensible, on lui propose d'en parler à un proche de confiance (oncle, tante, éducateur, médecin de famille, psy.). On peut aussi partager avec lui sa propre expérience : « Tu sais, moi aussi j'ai vécu ça, plus jeune », ou s'appuyer sur l'actualité : « J'ai lu plein de commentaires odieux sous une vidéo Youtube, la semaine dernière, c'est terrible. ». Objectif : le sortir de son isolement en lui rappelant qu'il n'est pas seul ! D'ailleurs on soutient le lien avec ses « vrais » amis. Enfin, on prend rendez-vous avec l'établissement scolaire pour informer et rappeler le cadre de la loi puis on porte plainte sans état d'âme.

Élodie

Est-ce qu'il est possible de prévenir le cyberharcèlement ?

Angélique Gozlan

Oui, on peut prévenir le phénomène en éduquant notre enfant, même très jeune, aux images et au numérique. Par exemple en lui demandant régulièrement : « Pourquoi tu aimes telle ou telle photo ? Tu ressens quelles émotions en voyant cette image ? D'où provient-elle ? Penses-tu qu'on a le droit de la récupérer/regarder sans l'autorisation de l'auteur ? Est-ce que tu es d'accord pour que j'envoie cette photo de toi sur le groupe WhatsApp de la famille ? », etc. En parallèle, je conseille aux parents de se former aux questions du numérique pour accompagner leur enfant : quels sont les différents réseaux/applications existants ? Quels sont leurs paramètres de sécurité ? Comment peut-on signaler quelqu'un ? Il ne faut pas se laisser dépasser !

Who run the world ??! GIRLS !!!!

Chronique 9

Mes héroïnes à moi

TV
Tu veux un smoky ce soir ma belle ?
Plutôt un nude... Envie de naturel ma biche !
LOGE
Mauvaise nouvelle les filles !!!
Il y a un problème technique sur le plateau...

On va devoir vous garder jusqu'à 23h30
Désolée...

Pfff !!!! RELOU !!!

Elodie, je sais pas comment tu fais pour gérer ce type d'imprévus avec tes 4 enfants et ta vie en Picardie !!!

Je suis pas la plus mal lotie...
Bah tu sais, Bertrand est père au foyer et ma mère et ma soeur habitent à côté alors...

Regarde, toi par exemple
Maman solo avec ton p'tit bout, j'imagine que c'est sport !
J'avoue !!
Entre les nuits pourries, les montées de lait, la baby-sitter à gérer et mon périnée en vrac...
J'ai connu mieux !!
Et toi Linda ?! En parlant de fatigue...
Comment ça va ave ta grande
Moi ? Entre son passage du code, ses premiers amours, les soirées soi-disant sans alcool...
... J'ai pas fini de galérer !!!!
Ma pauvre... Moi, je suis saoulée d'être celle que l'école appelle toujours en cas de pépins avec Max...
Comme si son père n'existait pas quoi !!
TV

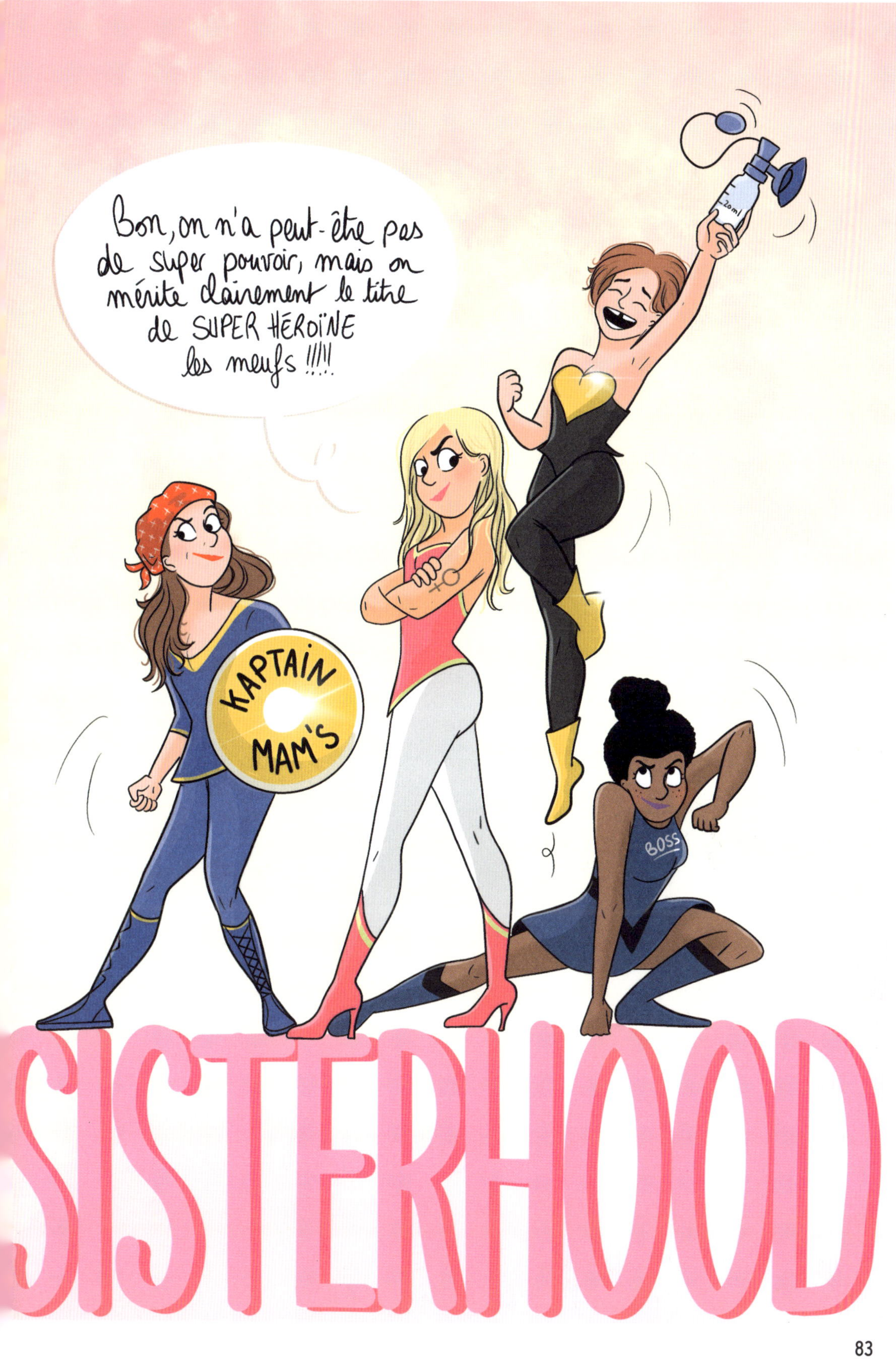
Bon, on n'a peut-être pas de super pouvoir, mais on mérite clairement le titre de SUPER HÉROÏNE les meufs !!!!!
KAPTAIN MAM'S
BOSS
20ml
SISTERHOOD

Mes 3 questions

à Fabienne Lacoude,

créatrice de MILF, un média féministe sur la maternité.
On a beau être des héroïnes du quotidien, ce n'est (toujours) pas normal de passer notre temps à vouloir tout concilier alors qu'on ne demande jamais la même chose aux hommes !

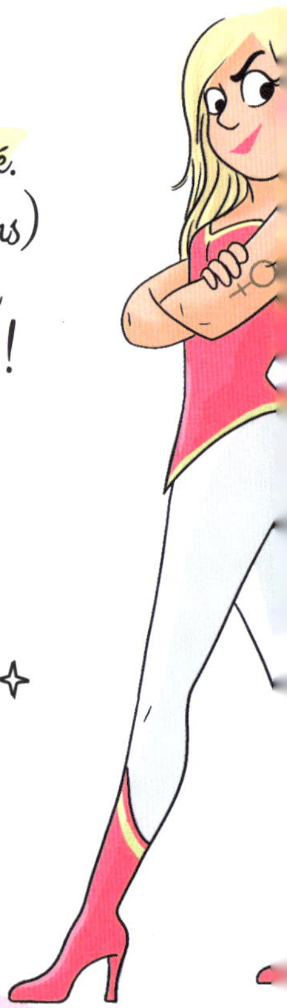

Élodie

Pourquoi est-ce si tentant de croire que les autres mères gèrent toujours mieux que soi ?

Fabienne Lacoude

La rivalité entre femmes est l'un des socles du patriarcat. C'est l'idée du « diviser pour mieux régner ». Dans la mesure où la maternité est encore considérée comme l'ultime accomplissement pour les femmes, la concurrence y est particulièrement sévère, d'autant que nous sommes supposées endosser ce rôle très naturellement et à la perfection. Évidemment, c'est un mythe, car la mère parfaite n'existe pas ! Mais nous sommes toutes persuadées que si. D'ailleurs, nous lui donnons le visage de notre propre mère, de notre voisine, de notre meilleure amie ou même de la fameuse « maman calme » de Florence Foresti. Je pense qu'en matière de parentalité, nous devrions être capables de nous inspirer des un(e)s et des autres, sans amertume et sans se comparer. Si votre copine est une reine des loisirs créatifs, pourquoi ne pas lui demander de prendre votre enfant en atelier ? Si vous êtes vous même une pro du brico, pourquoi ne pas proposer un atelier en mode Damidot ? La parentalité, c'est une aventure qui ne peut que s'enrichir du collectif !

Élodie

En quoi la sororité entre femmes, et mères, est-elle essentielle ?

Fabienne Lacoude

La sororité, qui consiste à nouer une solidarité politique entre femmes (ce qui ne veut pas dire être toutes d'accord, ni même éviter le conflit mais simplement avoir conscience de ce qui nous unit tout en travaillant les différences de point de vue ouvertement, de manière constructive), permet de dépasser nos problèmes privés pour en faire des problématiques collectives et politiques. C'est affronter ensemble les problèmes, construire des solutions, ouvrir des espaces de dialogue où partager, s'épauler, s'engueuler, aussi. C'est s'offrir mutuellement du soutien au quotidien (se soutenir en post-partum, mutualiser la garde des enfants le mercredi, le transport scolaire ou les activités extra-scolaires, organiser des soirées pyjama tournantes pour que les familles aient des temps off à tour de rôle, etc.). J'ajoute que les hommes cis (en accord avec le genre qui leur a été assigné à la naissance) peuvent tout à fait participer à cette dernière partie de soutien concret.

Élodie

Tu dis dans ton livre que tomber dans la glorification de l'héroïsme des mères peut aussi être un piège… explique-nous en quoi ?

Fabienne Lacoude

Cette glorification découle du mythe de la superwoman qui nous pompe l'air depuis les années 1970-1980. La super meuf qui fait tout, et tout bien, on n'en peut plus. Ça sert seulement à fabriquer des burn-out au kilomètre. C'est une vision ultralibérale de la parentalité dans laquelle celles qui ne s'en sortent pas sont trop perfectionnistes ou mal organisées. La plupart des femmes qui ont les moyens de tout faire à fond, soi-disant, ce sont celles qui ont les moyens d'avoir du soutien, moyennant finances (nounous, femme de ménage.). De l'autre côté du spectre, il y a les femmes seules et précaires qui aimeraient bien pouvoir tout concilier ou passer plus de temps avec leurs enfants mais pour qui c'est impossible. Et au milieu, il y a la Française moyenne, avec son mari sympa, qui « aide » bien à la maison, mais ne sait toujours pas quelle taille de chaussettes porte son petit dernier pour la simple et bonne raison qu'il n'a jamais acheté une fringue à ses enfants. Alors plutôt que glorifier les wonderwomen et blâmer ces feignasses de mères au foyer, nous devrions mener une réflexion collective de fond sur la répartition du temps et de l'espace dans notre société !

Chronique 10
C'est l'histoire d'une abeille qui butine… heu…
Help, quelqu'un pour me sortir de là ???

ai recroisé notre vieille prof de français hier ...
Elle a pas changé !! Toujours son petit poil dru sur le menton !
Mais naaan...
PIF
BIÈRE
Eh ben ! Ça ne nous rajeunit pas tout ça...
C'était la belle époque le collège...
BIO CHIPS
AB CHIPS PANAIS
L'innocence... Loin du monde des adultes !!!
BIO CHIPS

L'innocence, l'innocence... Moi j'allais au vidéo club pour mater en douce des images cochonnes !
Moi j'étais plutôt catalogue la Redoute de maman et Play Boy de Papa...
Moi c'est venu plus tard : Enceinte j'avais les hormones en F.O.L.I.E !!!
J'ai vu pas mal de vidéos de livreurs de pizzas...
PIF
Passion pepperoni chorizo quoi !!!
AH AH AH AH
AH AH
AH AH
MIAM !!
PIF
Bon après, c'est vachement moins drôle quand il s'agit de ton fils ...
Mouais... On a regardé dans l'ordi d'Enzo...
On sait que c'est pas bien, mais jug pas. Mais en ce moment il est étran On a voulu vérifi que tout allait bien avec le collège...

Mais DÉPÊCHE !!!!! Il va bientôt rentrer du collège !!!
ATTENDS... Voilààà ! Historique... On y est !!!
Sexy-coquinou ??? C'est quoi ce truc ????!!!
Heu... Connais pas...
Mais pourquoi ils s'acharnent à 3 sur cette pauvre dame ???!!!
Et mon bébé qui voit ÇA !!!
Mais à qui sont TOUTES ces fesses ???!!!!

L'ANGOISSE !!!
Et le pire, c'est qu'on n'a pas su aborder le sujet avec lui...
Je me vois pas lui dire entre le plat et le dessert "Alors mon grand, c'est cool le BDSM ??"
Ça craint... Avec le porno, les jeunes vont finir par croire que toutes les zigounes mesurent 40 cm, qu'il faut tenir 2h et s'épiler partout partout !
C'est clair... Moi par exemple, je complexe grave avec mes 38 cm...
Bon, en tout cas, on n'a pas le choix, faut ouvrir le suje avec eux ! Ce ne sont plus des bébés !!!

Salut les parents !!!
Paniquez pas, on vient juste prendre du coca...
Alors ??!!
Vous parliez de quoi ?!!
Heu... D'une petite fleur...
qui se fait butiner...
...par une abeille...
euh... JOKER !!!

HELP !

Je suis tombé(e) sur son historique… Je fais quoi ?

María Hernández-Mora Ruiz del Castillo, psychologue clinicienne spécialiste des questions relatives à l'addiction sexuelle et cybersexuelle et fondatrice de assodeclic.com, nous livre cinq étapes pour dépasser notre gêne et parler de sexe, de porno et d'addiction (et pas des abeilles qui butinent. Hum.).

1re étape : J'évacue la gêne

Exemple : « Tu sais, tu as beau avoir 14 ans et moi 40, eh bien je suis aussi gêné(e) que toi. Pourtant, il n'y a aucune raison d'avoir honte, le sexe fait partie des jolies choses de la vie, c'est sain et naturel, mais la manière de le vivre peut impacter ta vie. Ton bien-être m'importe et c'est pour ça que je veux en parler avec toi. »

2e étape : Je parle de mon expérience

Exemple : « Tu sais, c'est normal de se poser des questions sur le sexe. À mon époque, je n'avais pas toute la technologie que tu as à ta disposition pour te renseigner, mais j'ai aussi été super curieux(se). Et je sais également ce que c'est, de se sentir envahi(e) par ses pulsions et ses envies et de ne pas savoir totalement les comprendre et les gérer. Il est normal que tu veuilles mieux découvrir la sexualité, mais le porno n'a pas les bonnes réponses. »

3e étape :

Je n'y vais pas frontal (et je le questionne sur ses potes)

Exemple : « Je suppose qu'à ton âge, vous avez déjà parlé du porno avec les copains ? Est-ce que certains de tes amis en ont vu ? Qu'est-ce que tu en penses, toi ? Ça m'intéresse d'avoir ton avis sur le sujet. »

4e étape :

Je démystifie le porno

Exemple : « Moi, en tant qu'expert.e du sexe, car je le vis depuis longtemps, je peux clairement te dire que ces images ne correspondent pas du tout à la réalité. Faire l'amour, c'est créer un lien de confiance et d'intimité avec quelqu'un. Dans le porno, il n'y a aucune émotion et beaucoup de violence. La vérité, c'est que le sexe, ce n'est pas une question de taille, de performance ou de nombre de partenaires, mais d'amour, de kif mutuel et de respect de l'autre. »

5e étape :

Je parle des dangers de l'addiction

Exemple : « Le porno agit dans le cerveau comme une drogue, ça peut rendre vraiment addict. L'excitation que tu ressens devant ces images peut apaiser tes émotions, surtout si ça ne va pas très fort. Et ton cerveau va intégrer le fait que, pour te calmer, il faut en regarder toujours plus. C'est hyper dangereux pour ton bien-être. »

Mais occupe-toi de tes f.....

Chronique 11

Faites des enfants qu'ils disaient !

Tout doux les morfalous !! Y'en aura pour tout le monde !
Qui veut une pomme ?
Trop cool !!! Un gâteau au chocolat !!!
Euh, une pomme non ? Ok pas de pomme...
Tu fais pas le poids à côté de mamie chocolat !!!
LIFE
N'empêche, on en a peut-être bavé au début avec Bertrand, mais maintenant qu'ils sont plus grands, c'est plus cool
Oh ! la la je me souviens...
ROCK
Pour papa et moi aussi c'était compliqué avec ta soeur et ton frère...
Le tunnel des jumeaux... T'as l'impression qu tu vas jamais t'en sortir...

Il avait cette organisation quasi militaire...
les nuits de torture sans sommeil...
et subir les remarques déplacées des gens...
"Et ils ont combien d'écaaaart ?!!!"
"C'est cool !! Avec des jumeaux, vous allez toucher plein d'allocs !!"
Ah SUPER les jumeaux, ça fait rêver...
Ta gueule Connard !!!
...Mais chez les autres !!!!"
AH AH !! AHAH
!! AH
AH !!
Salut Mag ! Viens t'asseoir avec nous !!!

Vous parliez de quoi pour vous bidonner comme des baleines ?
OUINN OUiiiiN OUINN
Des remarques hallucinantes qu'on a reçues en tant que mamans de jumeaux
Du type = "Ce sont des vrais ou des faux ?"
Des faux en plastique de belle qualité !!!
Et quand on te demandait si c'était naturel ou si vous vous étiez fait aider pour avoir des jumeaux, tu répondais ...
ÉVIDEMMENT !! On fait des plans à 3 et on pratique l'échangisme
ROCK

Eh ben… Je suis bien contente de n'en avoir qu'un seul !
Oh !!! Qu'il est mignon…
Mais vous devriez lui donner le sein Madame… C'est bien mieux !!!
Rêve pas !!! les remarques déplacées, c'est open bar pour TOUTES les mères !!!!
BLURP

#balancezvosconnards

Des remarques pourries sur notre grossesse ou notre maternité, on en entend tous les jours... Ultra-culpabilisantes, stériles et moralisatrices à souhait, ces petites phrases plombent notre moral et nous donnent parfois aussi envie de tout casser. Non mais oh ! sérieux ? Alors, pour se libérer de ces paroles toxiques, rien de tel que de les balancer ! Petit medley des remarques bien pourries que mes amies ou moi-même avons entendues...

À une femme enceinte, déjà maman d'une petite fille et d'un petit garçon : « C'est mieux le choix du roi, vous n'auriez pas dû retomber enceinte, ce bébé va tout gâcher. »

« Tu dois certainement attendre une fille car on dit que les filles volent la beauté de leur mère durant la grossesse. »

« Ah, mais là, t'es enceinte ? Je pensais juste que t'étais définitivement grosse ! »

« J'aurais besoin de me trouver une tenue pour la maternité. »
Le papa : « Pour quoi faire, tu veux accoucher en robe de soirée ? »

Le boss : « Sérieux, vous êtes enceinte ? Mais on a une deadline sur notre projet. L'avortement est encore possible ? »

« Tu veux la péridurale ? Mais c'est de la triche ! »

« Je ne m'inquiète pas pour les nuits, ma femme entendra le bébé pleurer car elle a l'instinct maternel. »

Miss dino' France c'est moi !

Chronique 12
Alerte :
pluie de
météorites !

Au fond de moi, j'ai toujours 20 ans ! Et puis, il y a des jours où on te rappelle que…

Tata... Mes copains, ils m'ont dit que t'avais été Miss France... C'était dans un château fort avec des chevaliers du Moyen Âge ????
Mais comment vous faisiez pour recharger les batteries des cabines téléphoniques ??????
Sérieux Tata, comment vous faisiez sans téléphone portable ???!!!
Évidemment... Seul un vieux dinosaure peut répondre à toutes ces questions...

MISS DINO' 2023

En même temps, ils n'ont pas vraiment tort…
Quand j'étais jeune, dans les années 1990, tout était tellement différent (et fun aussi !). Un petit comparatif (nostalgique) d'époque, ça vous tente ?

Moi dans les années 1980-1990	Mon ado des années 2020
J'avais une collection de cartes téléphoniques et j'allais à la cabine pour appeler les copains.	Il envoie 4673 Snap et 367 vocaux à ses 28 groupes WhatsApp. OMG !
J'allais en boum avec une banane autour des hanches.	Il se balade avec une banane en bandoulière pour aller en soirée chill..
J'avais un baladeur CD dans la poche et j'écoutais les Spice Girls en boucle.	Il a des AirPods connectés à son smartphone et lance une playlist Spotify.
Je portais des Doc Martens, collier façon tattoo, pantalon peau de pêche ou t-shirt sous une robe…	Il porte comme avant, Air Jordan, Doc Martens, sac Eastpak, bonnet Carhartt…

J'étais amoureuse de Dylan de *Beverly Hills*.	Il a des crush.
J'allais voir le 1er *Jurassic Park* au cinéma et c'était ouuufff, les effets spéciaux.	Il va voir un film en 5DX avec immersion dans la salle.
Je buvais du Banga et mangeais des Raiders.	Il boit du Freez et mange des McFlurry.
J'attendais avec impatience l'heure du goûter pour la diffusion de *Hélène et les garçons* à la télé et je regardais *Dirty dancing* pour le 43e fois..	Il mate tout ce qu'il veut, quand il veut, sur Netflix, mais plusieurs fois la 3e saison de *Outer Banks*.
J'écoutais Difool sous la couette.	Il n'écoute pas la radio. (« C'est quoi ce truc de dinosaure ? »)
Je me connectais à 3615 La Redoute avec ma mère sur le Minitel.	Il fait un clic sur Amazon et reçoit tout en 24 h.
Je devais patienter deux semaines pour voir les photos développées et ratées de mon Kodak.	Il publie chaque jour sur Insta et a 12 387 photos sur sa pellicule.
Je jouais à Tetris sur la Game Boy familiale à piles.	Il joue à Pokémon, League of Legends, ou Call of Duty : choix de jeux illimité en wifi illimité !
Je préparais mes devoirs devant l'un des 18 volumes de l'Encyclopédie de mes parents.	Il tape deux mots clés sur Google et utilise l'intelligence artificielle.
« Et 1, et 2, et 3... zéros ! »	« Na na na na na na na naaaaa. Freed from desire ! »

Y aurait moyen qu'on nous lâche un peu la grappe de temps en temps ?

Chronique 13

Pile, tu perds
Face, tu gagnes pas…

Bientôt la diffusion de la fameuse élection Miss France !
Vous allez la regarder ?
Oui ! C'est toujours émouvant. Je la regarde comme une grande soeur...
J'ai beaucoup d'affection pour ces femmes en quête de conte de fée !
Et que répondez-vous à celles et ceux qui estiment que cette émission dessert la cause des femmes ?
Pfff...
Toujours cette question !!!

Cette émission, c'est une compétition qui met la beauté au 1er plan...
On compare des corps en maillot ...
Mais on peut aussi la voir comme un tremplin pour des jeunes femmes libres de leurs choix...
et qui veulent accomplir un rêve de princesse.
oi, ça m'a offert une tribune,
ne exposition médiatique que
je n'aurais jamais pu avoir.
Surtout en tant que femme !!!
L'émission m'a permis de mûrir de 10 ans en 1 an et de vivre 1000 vies ! De m'épanouir dans 1 million de trucs incroyables !
Comme par exemple ...

Présentatrice télé !
Écrivaine
Styliste
Animatrice radio !
Ambassadrice à l'Unicef !
RADIO
unicef
Conseillère régionale
Influenceuse
Et même pilote !!!
1

Et je ne suis pas seule à avoir saisi ces belles opportunités après l'élection !
Regardez Sonia Rolland devenue actrice et réalisatrice
Laury Thilleman et Delphine Wespiser animatrices
Nathalie Marquay comédienne ...
Alexandra Rosenfeld entrepreneuse ...
Des femmes ultra inspirantes quoi !!!!!
LOGE
Bravo mon cœur ! Tu t'en es super bien sortie !

Allez my love ! Je te ramène dans notre campagne ...
Qu'est-ce que c'est pénible de toujours devoir se justifier ...
Je ne me souviens pas qu'on t'ait déjà demandé ce genre de choses quand tu posais en slip à l'époque où tu étais mannequin ...
Bizarre hein ?!!

mon regard sur

Geneviève de Fontenay

Miss France antiféministe ? Quand je regarde Geneviève, elle m'inspire tout le contraire : elle a emprunté, tout au long de sa vie, des chemins éloignés de la norme sociale, ne s'est pas mariée, a sillonné la France pour être sur scène et construire une institution avec Louis de Fontenay. Elle a repassé, des heures durant, les robes de gala et pas les torchons de sa maison, elle travaillait, conduisait, votait, brillait, parlait et dérangeait. Elle décidait devant une assemblée d'hommes sans que personne n'ose broncher, elle s'est fait respecter par tous parce qu'elle est toujours restée intègre et humaine, audacieuse et déterminée, elle a défendu des valeurs courageuses sans se soucier de la bienséance et des bien-pensants. Geneviève parle de tout, de la sexualité jusqu'à la politique. Sa liberté, elle l'a gagnée et s'est battue pour.

Plongez cinquante ans en arrière et regardez ce que signifiait se présenter à une élection de Miss : s'affranchir des regards réprobateurs, des refus parentaux, des critiques et insultes. Refuser d'être enfermée dans le carcan d'une vie « respectable » et être vue comme irrévérencieuse parce que défiler en bikini était considéré comme un affront. N'est-ce pas là l'expression d'une révolte et d'une insoumission pour devenir simplement une femme libre, qui fait ses propres choix, les assume et les revendique en ouvrant la voie aux autres ?

Geneviève est une femme de cette trempe-là, de celles qui portent les autres, qui assument, qui sont fidèles, qui n'aiment pas les concessions parce que la diplomatie flirte souvent avec l'hypocrisie. Elle est une grande dame qui a élevé plus haut la banderole pour manifester pour nos droits, parce que, même en talons aiguilles, couronne vissée sur la tête, ses Miss ont été nourries au biberon de l'émancipation mixée aux traditions, n'en déplaise aux porteurs d'œillères qui rassurent leur ego à fabriquer des cases et coller des étiquettes.

Geneviève de Fontenay est une femme qui marque l'histoire des femmes, qui berce nos rêves. Chacune de nos rencontres me redonne la foi, celle d'être pleinement qui je suis, sans compromis.

Chronique 14
Un petit pas après l'autre...
Miss Unicef for ever
unicef

ans moins de 6h, nous
nons enfin à Djibouti...
Une semaine sans mes Vies... Ils me manquent déjà !!
Tu sais, cette mission va être utile pour tant de personnes... Des mois qu'on la prépare tous ensemble...
Prête à enfiler ton t-shirt d'ambassadrice Unicef ?!
J'ai hâte !!!
BIENVENUE à Djibouti !!! Heureux de vous voir enfin pour de vrai !!!
Allez en route, un petit dodo, et demain direction le centre d'accueil pour enfants !!!
unicef
unicef

Après la crise en Éthiopie et la sécheresse, on accueille de plus en plus d'enfants vulnérables ou à la rue...
Ici, ils sont assurés d'avoir des repas, des soins, un enseignement, des jeux éducatifs...
CARITAS DJIBOUTI
Mais on commence à manquer de places !!!
FUTUR
Centre d'accue
pour enfants
Et vous voulez faire quoi comme métier plus tard ?!!
Footballeur comme Messi !!!
Professeur !
Médecin !
Princesse !!
Princesse ?!?
Jo'se serait fait des copines ici !!
unicef

14h - Rencontre avec les élèves du collège de Tadjourah...
Ici, les jeunes se mobilisent à fond pour les droits des enfants, l'éducation et la protection des jeunes filles...
Suivez-moi, ils veulent vous présenter leur pièce de théâtre sur le mariage précoce...
UNICEF
BRAVOOOO !!!!!
Vous êtes bourrés de talent !!!! J'imagine que ce n'est pas simple pour vous de faire valoir vos choix tout en respectant les traditions...
TAP TAP TAP
Oui... Moi par exemple, je veux pouvoir choisir mon mari, faire des études, travailler et devenir maman ! Et je ne ferai JAMAIS subir de mutilations à ma fille !! C'est trop HORRIBLE !!!!

Le lendemain matin, à Balho, au sein d'une communauté de femmes...
Grâce aux centres de santé, mon bébé a été sauvé de malnutrition sévère aiguë...
On a eu si peur pour lui !!!!
Tu es un symbole d'espoir à toi tout seul mon p'tit bonhomme !!!
Vous savez, moi aussi je suis maman de 4 enfants, des jumeaux. Mes plus grands ont 15 ans et sont au lycée...
J'aimerais tant que ma fille fasse des études. Notre école est encore en construction.
Quand ma fille y sera, elle deviendra quelqu'un, c'est sûr !!!
C'est fou ! Ta maman pourrait être ma fille ! Ma Rose ! Et je pourrais être ta mamie Élo !

es histoires de ces namans m'ont bouleversée... lles sont tellement courageuses !!!
Oui, et c'est par elles que le changement arrive et que leurs filles pourront être LIBRES !
Les hommes parlent librement de leurs traditions, entendent, écoutent et espèrent aussi que leurs enfants voient leurs droits respectés !!
Je vais appeler ma famille, elle me manque...
MES CHÉRiiiS !!! nmment allez-vous ???!!!!!
MAM'S !!!! Y a beaucoup trop de devoirs pour demain !! L'ANGOISSE !!!
On a mangé Mac Do et ils ont oublié mon dessert !!! Je suis DÉG !!!
Maman, c'est la GALÈRE, on n'a pas eu de WiFi pendant au moins 2 heures !!!
Et du coup, j'ai pas pu jouer à la PS5 !!!!
Oh bah oui, que des grosses galères... J'ai hâte de vous retrouver, vous... et nos minuscules soucis du quotidien...

« Comment lui parler de ses droits sans en avoir l'air ? »

Mes 3 QUESTIONS

à Julie Zerlauth,

responsable du service Programme territoriaux, Formation et Sensibilisation, à l'Unicef.

Élodie

Apprendre à relativiser sa propre situation quand on rentre de mission, ça permet de remettre les choses à leur place, certes, mais ça ne doit pas occulter le fait que les enfants souffrent partout, même chez nous !

Julie Zerlauth

Oui, tu as raison, c'est un écueil fréquent de penser que c'est seulement ailleurs, dans des pays lointains, que les enfants souffrent. En France aussi, les enfants vivent de nombreuses situations dramatiques : harcèlement, grande pauvreté, malnutrition, vie dans la rue. Il faut être extrêmement vigilant sur nos croyances : la Convention internationale des droits de l'enfant s'applique à tous les enfants du monde, et donc, naturellement, sur notre territoire. Les enfants ont besoin de connaître leurs droits pour les défendre, peu importe où ils se trouvent !

Élodie

Comment peut-on les aider à prendre conscience de leurs droits fondamentaux ?

Julie Zerlauth

On peut par exemple commencer par leur dire qu'il existe une Convention internationale qui s'applique à tous les enfants du monde jusqu'à leurs 18 ans, avec des articles spécifiques qui veillent à les protéger. Sur myunicef.fr, les parents peuvent trouver une multitude de supports éducatifs, comme des quiz, des coloriages, des vidéos pour les tout-petits (dès 3 ans) qui visent à leur faire prendre conscience de ces droits dans l'ensemble de leurs activités quotidiennes, par exemple le droit de faire du sport, le droit de vivre à l'abri dans un logement et d'y avoir chaud en hiver, de vivre dans un environnement sain et protégé, le droit de pouvoir aller à l'école... et tant d'autres ! Ensuite, une fois cette connaissance acquise, l'enfant est en mesure de revendiquer ses droits et de respecter (et faire respecter) ceux des autres.

3

Élodie

Comment les enfants peuvent-ils agir pour défendre leurs droits et ceux des autres au quotidien ?

Julie Zerlauth

C'est très simple : ça peut passer par un engagement au sein de l'établissement scolaire, comme créer un club Unicef dans son école et partager ses connaissances sur les droits de l'enfant. Les enfants scolarisés de tout âge peuvent organiser une exposition sur les droits des enfants dans le monde, une conférence-débat sur la pollution de l'air ou encore militer pour l'égalité filles-garçons en organisant des campagnes d'information, etc. L'Unicef accompagne tous les jeunes de bonne volonté avec des kits dédiés !

S'ils souhaitent donner un sens encore plus militant à leur démarche et défendre une cause en particulier, ils peuvent alors devenir jeunes ambassadeurs de l'Unicef, partir à la rencontre des élus locaux de leur ville pour contribuer à la réflexion sur les politiques publiques locales, ou encore participer à des colloques internationaux pour prendre la parole sur les droits des enfants dans leur pays ou dans le monde. Chaque enfant doit pouvoir se sentir légitime d'informer et de faire bouger les choses à son échelle !

Ils grandissent si vite ...
6 mois

Chronique 15
Mes pépites du quotidien qui valent de l'or !

YEEESSS !!!
BRAVO MAMAN !!!
T'as fait un trop joli String !!!
Dans le mille !

OMG !!! Un horrible vampire !!!!
T'inquiète maman... je suis une steack à cuire !!!
À point !

Quelle question !
Dis mam's ...
Avec papa, vous n'avez plus besoin de faire l'amour puisque vous ne voulez plus d'enfants ...
Euh...
FR
BB
LOVE YOUR SELF POTION
Q10 +
Évidemment !!!
Vous ne l'avez fait que 2 fois du coup pour nous avoir tous les 4 !!
C'est bien ça ???

Bah alors... T'aimes pas ta coupe beau gosse ?
C'est pas ça...
C'est qu'elle sent mauvais de la bouche la dame...
La vérité sort de la bouche des enfants...
Dis donc, Jo', c'est quoi le mot magique quand on veut quelque chose ????
Euh ...
Abracadabra maman !!
La fée du placard à bonbecs
S'IL TE PLAÎT !

Bon tu te dépêches !! On est MÉGA à la bourre là !!!
Ça fait 2h que t'es assise dans ton lit là ...
J'peux pas Mam's !!
J'ai des coccinelles dans les jambes !
Et des fourmis sur la langue ...

Maman, ourquoi l'Univers est infini ??
Est-ce qu'on va disparaître comme les dinosaures ?
Et toi, tu vas jamais mourir avec papa ???
On peut pas mourir si y a pas de terroristes de toute manière ?
Et moi, j'étais quoi avant d'être dans ton ventre ??
À quoi je sers dans ce monde et pourquoi je suis sur terre ???
Et les enfants ukrainiens, ils font comment s'ils ont plus de parents ??
Pourquoi tu réponds pas Mam's ???
Maman ???
auchemar de maman !

#lespépites

JEU CONCOURS

J'ai sélectionné les meilleures pépites de vos enfants que vous m'avez confiées sur Instagram ! Continuez de partager les phrases les plus drôles de vos loustics sur Instagram avec le #Mams et taguez-moi, je partagerai !

Mon fils au supermarché qui s'exclame devant les citrouilles : « Oh ! regarde la belle coucouille ! »

Mon fils devant le Tour de France, avec le gagnant qui porte son enfant dans les bras : « Il a gagné un bébé ? »

Au décès de son papy, j'ai dit à mon fils qu'il était monté au ciel. Il m'a répondu : « Mais il va se faire piquer par une étoile ! »

Ma fille de 3 ans devant un arrêt de bus bondé qui hurle : « Maman ! t'as mis une culotte aujourd'hui ? »

Pour la fête des Mères, la maîtresse donne une feuille à ma fille de 6 ans où il faut compléter la phrase : « Ta maman te fait rire quand. » Elle a répondu : « elle pète ! »

Mon fils, deux ans et demi, qui a dit à sa maîtresse que *Jean Petit qui danse* le soule et qu'il préfère Maître Gims.

Mon fils de 2 ans en poussette a dit à un monsieur en fauteuil roulant : « On fait la course ? »

« Maman, pourquoi les carottes sont orange et les oranges ne sont pas carotte ? »

« Maman, j'ai ma culotte qui m'étrangle les fesses », pour dire qu'elle est trop petite.

« Papa ! Tu m'as fait quoi, comme coiffure, des couettes ou un nichon ? »

À la boulangerie, ma fille a demandé une pantoufle aux pommes au lieu d'un chausson.

Mon fils de 3 ans au zoo devant un paon : « Maman, j'ai vu une poule avec un éventail »

Moi : « C'est kif kif bourricot. »
Elle : « Nooon, c'est kif kif mojito ! »

Mon papy a un dentier, et ma fille de 6 ans lui dit : « Elle doit être riche, la petite souris, avec toi !»

« Maman, quand tu étais petite, c'était avant ou après le déluge de l'Arche de Noé ? »

Du bruit, quel bruit ???

Chronique 16

Dans notre bulle !

LA LALA
LA LALA
LA LA LA
ROCK YOU
ROCK YOU !!!
ROCK
Et c'est le
JE FAIS CACA des PAILLETTES !!

Dreams are my reality
WAF WAF WAF WAF !!!

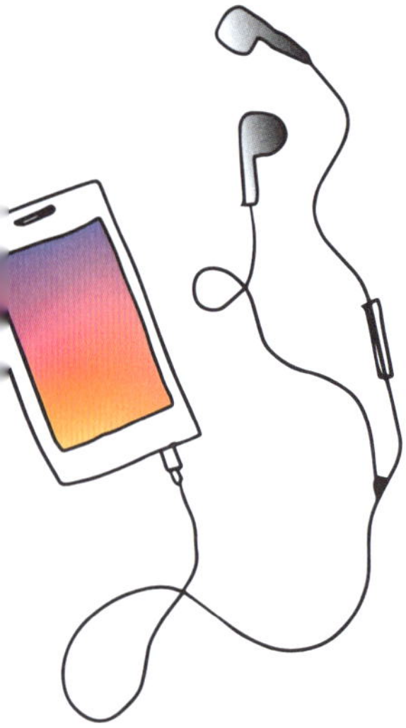

15 bonnes RAISONS

... de glisser (ni vu ni connu) des écouteurs dans ses oreilles quand on est en famille

1 Pour vivre en cachette **sa passion pour Céline Dion.**

2 Pour réécouter **le vocal coquin** de son ou sa chéri(e) en gloussant comme une ado.

3 Pour tenter **l'auto-hypnose** et enfin se rendormir après s'être levée douze fois dans la nuit pour : pipi au lit/bisous/cauchemar/câlin/peur du dragon.

4 Pour écouter **un podcast** sur l'importance de **l'autorité parentale** (pendant que le petit dernier est bloqué sur sa tablette depuis une heure).

5 Pour prétendre être en réunion boulot méga importante et **chiller en se faisant les ongles de pieds** dans une autre pièce.

6

Pour atténuer **le bruit des hurlements** de ses enfants pendant un match de foot à la TV.

7

Pour écouter le **vocal WhatsApp hilarant** (et un peu grossier) de son ou sa meilleure pote.

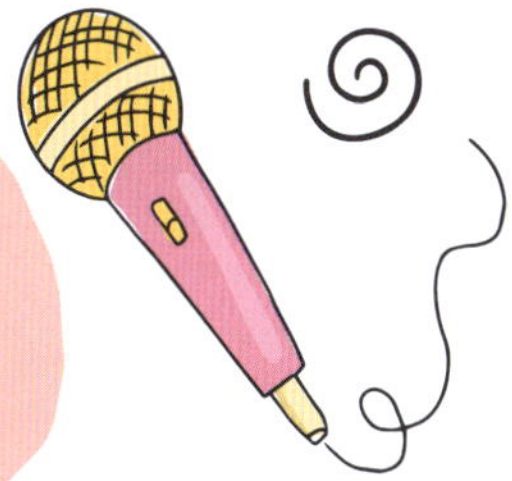

8

Pour savourer incognito des **histoires interdites** aux moins de 18 ans.

9

Pour écouter secrètement **Céline Dion** pendant que son ado raconte le dernier drama en date du collège.

10

Pour le plaisir de désigner du doigt les écouteurs, l'air concentré c'est-ABSOLUMENT-important-ne-pas-déranger-SVP et savourer **un moment de paix.**

11

Pour enfin écouter cette soi-disant appli de **méditation parentale** qui « change la vie » et rend zen (tu parles).

12

Pour avoir les mains libres au volant et raconter **le dernier potin** en date à sa pote

13

Pour se donner un genre **ultra-moderne et connecté.**

14

Parce qu'on ne s'est pas lavé les oreilles depuis des jours et que c'est mieux de **planquer tout ça** derrière les écouteurs.

15

Parce que **Céline Dion.**

Remerciements

À mon Âme Sœur qui chaque jour m'aime aussi pour tout ce que je ne suis pas et m'insuffle sa force pour tout panser. Tu es le Captain Papa Avenger qui n'existait que dans mes contes de fées...
Et pourtant, il était une fois... Rose, Joséphine, Jules et Léonard..

À vous mes miracles,
même ados d'1m85, vous êtes mes bébés et le serez toujours.
Vous m'épuisez autant que je vous aime.

À vos trésors à vous, vos merveilles de p'tits monstres, à la vie que vous avez portée, donnée, rêvée, à vos cauchemars, à vos poussées, vos souffles coupés, vos grandes respirations, vos bouffées de vie.
À la vie que vous leur construisez, à nos vies essoufflées mais au souffle de vie.

À la sororité et à nos joyeux bordels. Aimons-nous vivants
(mon crush d'ado Jean-Pierre François).

Merci à tous ceux qui attendaient de moi un guide bien-être de la quarantenaire équilibrée en mode Pilates/graines de chia aux 50 tips à suivre. Je ne vous ai donc pas vraiment suivis, mais la folie m'excite plus que le quinoa, *so sorry* ! Merci aux donneurs de leçons de nous donner juste envie d'inventer notre leçon, à ceux qui nous font pousser des ailes pour aller là où notre intuition nous porte fort fort loin de leurs cases étouffantes.

Vive les mojitos, les Yes Day et notre liberté ! Merci à toutes les Mam's de ma vie ; à celles qui m'ont suivie dans ce rêve fou de BD : Céline, Nelly, Bérénice ; à celles qui m'inspirent : mon trésor de sœur, sa femme Charlotte, mes meilleures amies, Lotté, Marion, Astrid, Betty ; toutes ces femmes héroïnes de ma vie : Mélinda, Isa, Domi, Solène, Angéline, Anne-Lise, Math, Anne-Cé, Manon, Adeline, Karine, Laurence, Coco, super Roro, ma Ninouche (je te z'aime), ma Mamie nounou doudou tout, et ma Mère Veille, ma Mam's à moi.

Bibliographie

Des expertes interviewées

Nelly Deflisque, *Mon p'tit cahier Arrivée du 2e*, Solar, 2019.

et *Mon p'tit cahier Égalité fille-garçon*, Solar, 2023.

Angélique Gozlan, *Petit guide « décomplexant » pour parents d'ados à l'ère du numérique*, Hachette Pratique, 2023.

Fabienne Lacoude, *Daronne et féministe*, éditions Solar, 2021.

Charline Schmerber, *Petit guide de survie pour éco-anxieux*, éditions Philippe Rey, 2022.

Des mêmes autrices

Élodie Gossuin

Miss Catastrophe, éditions Livres du Dragon d'or, 2022.

Miss Maman, le guide de la mère imparfaite, éditions de La Martinière, 2017.

Mes rêves, mes passions, mes espoirs, Michel Lafon, 2004.

Céline Bailleux

Happy family ! Divorcée, deux enfants et in love, Michel Lafon, 2021.

Happy family ! Emménage, Michel Lafon, 2022.

Direction : Didier Férat
Direction éditoriale : Lama Younès-Corm
Édition : Bérénice Taveau
Correction : Judith Levitan-Dousset
Couverture : Johanna Fritz
Photographie de couverture : Patrick Fouque/Studio 12
Conception graphique de l'intérieur et mise en pages : Sophie Delannoy
Fabrication : Laurence Duboscq

SolarEditions
solar_editions

Solar, un département d'Édi8
92 avenue de France
75013 Paris

ISBN : 978-2-263-18179-5
Code éditeur : L18179
Dépôt légal : septembre 2023
Achevé d'imprimer en août 2023 par Chirat en France.